AF456083

Y²
44

LES JOYEUSES HISTOIRES DE NOS PÈRES

DÉPÔT LÉGAL
Seine & Oise
Nº 183
1884

IV

LES JOYEUSES

HISTOIRES

DE NOS PÈRES

IV

8° Y2 6744

CORBEIL. — IMPRIMERIE B. RENAUDET.

MÉSAVENTURES DE RAGOTIN

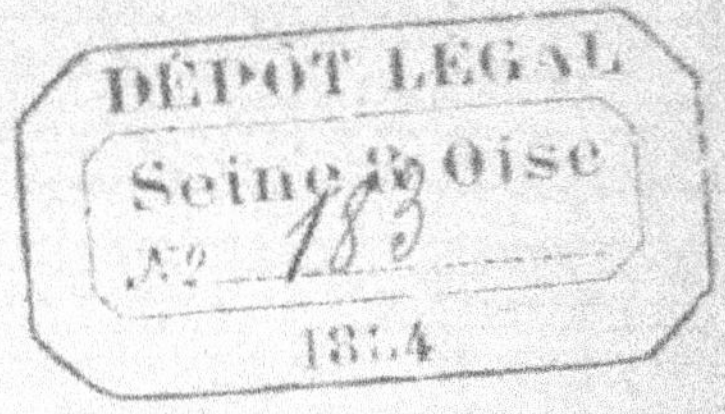
DÉPOT LÉGAL
Seine & Oise
Nº 183
1884

LES JOYEUSES

HISTOIRES

DE NOS PÈRES

BIBLIOTHÈQUE NATIONALE
B.F.
IMPRIMÉS

Mieux est de ris que de larmes écrire,
Parce que rire est le propre de l'homme.
RABELAIS.

IV

LA CULOTTE DU JUGE
MÉSAVENTURES DE RAGOTIN — LES DEUX CORDELIERS — ET ALORS..
UN PETIT MAL POUR UN GRAND BIEN, ETC.

PARIS
CHEZ TOUS LES LIBRAIRES
M.DCCC.LXXXIV

Droits réservés

I

LA CULOTTE DU JUGE

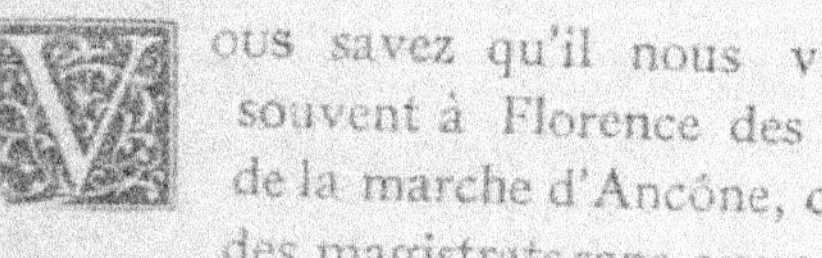

Vous savez qu'il nous vient assez souvent à Florence des podestats de la marche d'Ancône, c'est-à-dire des magistrats sans cœur, avares et misérables, menant avec eux des jurisconsultes et des notaires qui semblent plutôt avoir été tirés de la charrue ou de la boutique d'un savetier que sortir des écoles de droit.

Un de ces nouveaux gouverneurs étant donc venu s'établir dans notre bonne ville, avait amené avec lui un juge qui se faisait nommer Nicolas de Saint-Lépide, et qui avait plus l'air d'un chaudronnier que d'un homme de loi. C'était lui qui jugeait les affaires criminelles. Comme il arrive souvent qu'on va au palais quoiqu'on n'ait pas de procès, Macé del Saggio y alla un matin pour y chercher un de ses amis, et entra dans la salle où siégeait messire Nicolas. Frappé de la mine singulière de ce juge, il s'arrête et l'examine depuis la tête jusqu'aux pieds.

Nicolas portait un chapeau vert tout enfumé, avait une écritoire à sa ceinture, un pourpoint plus long que sa robe, et plusieurs autres choses que ne porte point un juge qui se pique d'être décemment habillé. Mais ce que Macé lui trouva de plus grotesque furent ses hauts-de-chausses, qui lui tombaient jusqu'à mi-jambe, et ses habits si étroits qu'ils étaient tout ouverts par devant. Un juge ainsi fagoté lui fit oublier ce qu'il cherchait, et, comme il aimait beaucoup à s'amuser, il alla trouver deux de ses camarades, dont l'un se nommait Ribi et l'autre Mathias, gens d'un naturel aussi facétieux que le sien. Il les amena au palais pour leur montrer, dit-il, le juge le plus ridicule qu'ils eussent jamais vu

La figure et l'accoutrement de ce personnage pensa les faire mourir de rire, d'aussi loin qu'ils l'eussent aperçu ; mais rien ne les divertit plus que sa longue culotte. S'étant approchés du siège, ils remarquèrent qu'on pouvait aller par dessous, et que la planche sur laquelle M. le juge avait les pieds était rompue et assez entr'ouverte pour pouvoir y passer à l'aise la main et le bras. Ils formèrent aussitôt le projet de lui enlever ses hauts-de-chausses, et après qu'ils furent convenus de la manière et du personnage que chacun devait jouer, ils remirent la chose au lendemain, ne trouvant pas qu'il y eût ce jour-là assez de monde à l'audience.

Ils y retournèrent donc le jour suivant, et, voyant l'assemblée aussi nombreuse qu'ils pouvaient le désirer, Mathias alla furtivement se poster sous la planche sur laquelle les pieds du juge étaient appuyés. Macé et Ribi s'étant ensuite approchés du siége, ils saisissent le magistrat par le devant de sa robe, puis la tirent, l'un d'un côté, l'autre, de l'autre, en criant tous deux :

— Justice, monsieur le juge, justice !

— Je vous supplie de me la rendre, dit Macé, avant que ce voleur que vous voyez ici, près de vous, ne sorte d'ici. Il m'a volé une paire de souliers, et je vous prie de vouloir bien me les faire restituer. Il n'y a pas encore quinze jours que je les lui vis porter chez le ressemeleur, et néanmoins il ose nier qu'il me les ait volés.

Ribi, le tirant de l'autre côté, criait de toutes ses forces :

— Ne le croyez pas, Monsieur; c'est un imposteur, un fourbe qui veut se tirer d'affaire par une calomnie ; il a su que je venais me plaindre de ce qu'il m'a volé une petite valise qui m'était fort utile, et pour vous faire illusion, il est venu lui-même m'accuser de lui avoir volé des souliers. Si vous doutez de ce que j'avance, j'ai pour témoin Tucca, qui est ici, la grosse tripière que tout le monde connaît.

Macé interrompait sans cesse son camarade, et Ribi en faisait autant de son côté, criant l'un et l'autre le plus fort qu'ils pouvaient.

Pendant que le magistrat se tient debout pour mieux entendre les parties, Mathias jugeant le moment favorable, passe la main à travers la fente des planches, saisit les deux bouts de sa culotte et les tire avec tant de force et de vivacité qu'il la fait tomber sur ses talons, car elle était fort large et le personnage fort maigre.

Le juge, sentant sa culotte tomber, veut aussitôt se couvrir de sa robe; mais Macé et Ribi, qui la tiennent serrée au lieu de la lâcher, l'écartent davantage et crient à pleine tête, chacun de son côté :

— C'est vilain à vous, Monsieur, de refuser de me rendre justice et de m'entendre. Pourquoi donc vous retirer? La coutume de cette ville n'est pas d'écrire pour des affaires de cette nature.

Enfin ils le retiennent assez longtemps pour que tous ceux qui se trouvaient à l'audience s'aperçussent que la culotte lui était tombée sur les pieds, et vissent à découvert ce qu'on devine aisément. Ce ne fut plus que de grands éclats de rire dans toute l'assemblée. Ribi, jugeant qu'il avait assez ri, lâcha la robe, et se retira en disant au juge :

— Je vous promets, Monsieur, de m'adresser au syndic.

Macé dit qu'il n'en appellerait pas ailleurs, mais qu'il reviendrait lui demander justice dans un moment où il serait moins occupé. Ils s'enfuirent ainsi l'un et l'autre, et allèrent rejoindre Mathias, qui s'était enfui après avoir fait son coup.

Le juge, un peu revenu de sa surprise, remit sa culotte, et, ne doutant pas que ce ne fût un tour qu'on lui avait joué, demanda avec instance ce qu'étaient devenus les deux voleurs. On lui répondit qu'ils étaient déjà loin. Voyant qu'ils avaient échappé à son ressentiment, il se mit en colère et jura qu'il saurait bien si les Florentins étaient dans l'usage de baisser la culotte de leur juge quand il était sur son siège.

Le podestat, qui fut bientôt instruit de l'aventure, cria beaucoup contre cette insolence; mais il se radoucit après que ses amis lui eurent fait entendre que les Florentins n'avaient agi de la sorte que parce qu'ils étaient persuadés qu'au lieu d'amener d'honnêtes gens éclairés, il n'avait choisi que des sots, pour n'être point obligé de leur donner de forts appointements. Comme cette observation n'était que trop bien fondée, il ne crut pas devoir faire des recherches pour découvrir les coupables, et ne poussa pas plus loin cette affaire dont le principe ne lui faisait point honneur.

BOCCACE.

II

LE CHANTRE

DE SAINT-HILAIRE DE POITIERS

En l'église Saint-Hilaire de Poitiers, il y eut jadis un chantre qui servait de bassecontre, lequel, parce qu'il était bon compagnon et qu'il buvait bien (ainsi que volontiers font telles gens), était bien venu entre les chanoines, qui l'appelaient bien souvent à diner et à souper. Et, pour la familiarité qu'ils lui faisaient, il lui semblait qu'il n'y avait aucun d'eux qui ne désirât son avancement; ce qui était cause que souvent il disait à l'un et puis à l'autre :

— Monsieur, vous savez combien de temps il y a que je sers en l'église de céans; il serait désormais temps que je fusse pourvu d'un bénéfice. Je vous prie de le vouloir bien remontrer au chapitre. Je ne demande pas grand'chose : vous autres, Messieurs, avez tant de moyens! Je me contenterai de l'un des moindres.

Sa requête était bien prise et écoutée, et chacun d'eux en particulier lui faisait bonne réponse, disant que c'était chose raisonnable. « Eh! lui disaient-ils, quand même le chapitre n'aurait la commodité de te récompenser, je t'en baillerais plutôt du mien. » En somme, à toutes les entrées et issues du chapitre, où il se trouvait toujours pour se rappeler à messieurs, ils lui disaient tous d'une voix : « Attends encore un petit; le chapitre ne t'oubliera pas; tu auras le premier bénéfice qui vaquera ». Mais quand on venait au fait, il y avait toujours quelque excuse : ou que le bénéfice était trop gros (et pourtant l'un des messieurs chanoines l'avait eu), ou que le bénéfice était trop petit et qu'on ne lui voudrait faire présent de si peu de chose, ou encore qu'ils avaient été contraints de le bailler à l'un des neveux de leur frère, mais qu'il n'y aurait faute qu'il n'eût le premier vacant. Et de ces belles paroles ils entretenaient le bassecontre, tant que le temps se passait, et il servait toujours sans rien avoir. Et cependant, il faisait toujours quelque présent selon sa petite faculté à messieurs tel et tel (de ceux qu'il connaissait avoir plus grande voix au chapitre), comme fruits nouveaux, poulets, pigeonneaux, perdreaux, selon la saison, que le pauvre chantre achetait au marché vieux ou à la regratterie, leur faisant accroire qu'ils ne lui coûtaient rien. Et toujours ils prenaient.

A la fin, le bassecontre, voyant qu'il n'en était jamais meilleur, mais qu'il y perdait son temps, son argent et sa peine, se délibéra de n'y attendre plus ; mais il se proposa de leur montrer quelle opinion il avait d'eux, et, pour ce faire, il trouva façon de mettre cinq ou six écus ensemble, et tandis qu'il les amassait (car il y fallait du temps), il commença à tenir plus grand compte de messieurs qu'il n'avait de coutume, et à user de plus grande discrétion. Quand il vit son jour à point, il s'en vint aux principaux d'entre eux, et les pria l'un après l'autre qu'ils lui voulussent faire cet honneur de dîner le dimanche prochain en sa maison, leur disant qu'en neuf ou dix ans qu'il y avait qu'il était à son service, il ne pouvait faire moins que de leur donner une fois à dîner; et qu'il les traiterait, non pas comme il leur appartenait, mais le moins mal qu'il lui serait possible: toujours usant de telles paroles de respect. Ils lui promirent; mais ne furent pas si mal soigneux, quand vint le jour assigné, qu'ils ne fissent faire leur cuisine ordinaire chacun chez soi, de peur de mal dîner chez ce bassecontre, se fiant plus à sa voix qu'en sa cuisine. A l'heure du dîner, chacun envoie son ordinaire chez le chantre, lequel disait aux valets qui l'apportaient :

— Comment, mon ami? Monsieur votre maître me fait-il ce tort? A-t-il si grand peur d'être mal traité? Il ne devait rien envoyer.

Et cependant il prenait tout, et, à mesure qu'ils venaient, il mettait tous les potages ensemble en une grande marmite qu'il avait expressément apprêtée en un coin de cuisine. Voici messieurs venus pour dîner, qui s'assoient tous selon leurs *in*dignités. Le chantre leur présente, de belle entrée de table, les potages de cette marmite, et Dieu sait de quelle grâce ils étaient : car l'un avait envoyé un chapon aux poreaux, l'autre au safran; l'autre avait la pièce de bœuf saupoudrée de navets; l'autre, un poulet aux herbes; l'autre, bouilli; l'autre, rôti. Quand ils virent ce beau service, ils n'eurent pas le courage d'en manger; mais ils attendaient chacun que leur potage vînt, sans prendre garde qu'ils les eussent devant eux. Mon chantre, qui allait et venait, faisant bien l'empêché à les servir, regardait toujours leur contenance de table. Étant le service un peu long, ils ne se purent tenir de lui dire :

— Ote-nous ces potages, bassecontre, et nous apporte les nôtres.

— Ce sont bien les vôtres, dit-il.

— Les nôtres ! ce ne les sont pas.

— Si, ce les sont bien, dit-il.

A l'un d'eux :

— Voilà vos navets !

A l'autre :

— Voilà vos choux !

A l'autre :

— Voilà vos poreaux !

Alors, ils commencèrent à reconnaître chacun leurs soupes et à s'entre-regarder.

— Vraiment ! dirent-ils, nous en avons d'une ! Est-ce ainsi que tu traites tes chanoines, bassecontre ?

— Le diable y ait part ! je disais bien que ce fol nous tromperait, disait l'un ; j'avais le meilleur potage que je mangerai de cette année.

— Et moi, disait l'autre, j'avais tant bien fait préparer à dîner! Je me doutais bien qu'il le valait mieux manger chez moi.

Quand la bassecontre les eut bien écoutés :

— Messieurs, dit-il, si vos potages étaient tous si bons, comment seraient-ils empirés en si peu de temps? Je les ai fait tenir auprès du feu, bien couverts; il me semble que je ne pouvais mieux faire.

— Voire, mais, dirent-ils, qui t'a appris à les mettre ainsi tous ensemble? Savais-tu pas bien qu'ils ne vaudraient rien en la sorte?

— Et donc, dit-il, ce qui est bon à part n'est pas bon assemblé? Vraiment, dit-il, je vous en crois, et ne fût-ce que vous autres, Messieurs : car, quand vous êtes chacun à part soi, il n'est rien de meilleur que vous; vous promettez monts et vaux, vous faites tout le monde riche de vos belles paroles, mais quand vous êtes ensemble en votre chapitre, vous ressemblez à vos potages.

Alors, ils entendirent bien ce qu'il voulait dire.

— Ah,ah! dirent-ils, c'était donc là que tu nous attendais. Vraiment, tu as raison, va! Mais cependant, ne dînerons-nous point?

— Si ferez, si ferez, dit-il, mieux qu'il ne vous appartient.

Et il leur apporta ce qu'il leur avait fait accommoder, dont ils mangèrent très bien, et s'en allèrent contents; et ils conclurent ensemble, dès l'heure, qu'il serait pourvu d'un bénéfice : ce qu'ils firent.

Ainsi, son invention de soupe lui valut plus que toutes ses requêtes et importunités du temps passé.

Bonaventure Despériers.

III

MÉSAVENTURES DE RAGOTIN

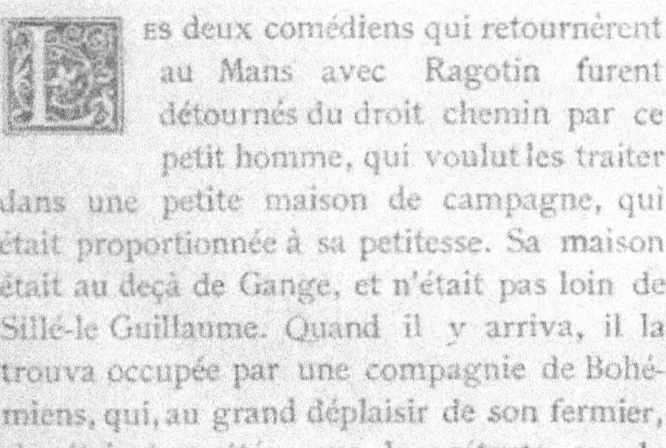

Les deux comédiens qui retournèrent au Mans avec Ragotin furent détournés du droit chemin par ce petit homme, qui voulut les traiter dans une petite maison de campagne, qui était proportionnée à sa petitesse. Sa maison était au deçà de Gange, et n'était pas loin de Sillé-le Guillaume. Quand il y arriva, il la trouva occupée par une compagnie de Bohémiens, qui, au grand déplaisir de son fermier, s'y étaient arrêtés sous le prétexte que la femme du capitaine avait été pressée d'accoucher, ou plutôt par la facilité que ces voleurs espéraient de trouver à manger impunément des volailles d'une métairie écartée du grand chemin.

D'abord, Ragotin se fâcha en petit homme fort en colère, menaça les Bohémiens du prévôt du Mans, dont il se dit allié ; et là-dessus il fit un long discours et jura scandaleusement. Il les menaça aussi du lieutenant du prévôt La Rappinière, au nom duquel tout genou fléchissait ; mais le capitaine bohème le fit enrager à force de lui parler civilement, et fut assez effronté pour le louer de sa bonne mine qui sentait son homme de qualité, et qui ne le faisait pas peu repentir d'être entré par ignorance dans son château (car c'est ains, que le scélérat appelait sa maisonnette, qui n'était fermée que de haies). Il ajouta que la dame en mal d'enfant serait bientôt délivrée du sien, et que la petite troupe délogerait après avoir payé à son fermier ce qu'il leur avait fourni pour eux et pour leurs bêtes.

Ragotin se mourait de dépit de ne pouvoir trouver à quereller avec un homme qui lui riait au nez en lui faisant mille révérences ; mais ce flegme du Bohémien allait enfin échauffer la bile de Ragotin, quand la Rancune et le frère du capitaine se reconnurent pour avoir été autrefois grands camarades ; et cette reconnaissance fit grand bien à Ragotin, qui allait sans doute s'engager dans une mauvaise affaire, pour l'avoir prise d'un ton trop haut.

La Rancune le pria donc de s'apaiser, ce qu'il avait grande envie de faire, et ce qu'il eût fait de lui-même si son orgueil naturel eût pu y consentir.

Dans ce même temps la dame bohémienne accoucha d'un garçon. La joie en fut grande dans la petite troupe et le capitaine pria à souper les comédiens, et Ragotin qui avait déjà fait tuer des poulets pour en faire une fricassée. On se mit table. Les Bohémiens avaient des lièvres et des perdrix, qu'ils avaient pris à la chasse, et deux poulets d'Inde et autant de cochons de lait, qu'ils avaient volés. Ils avaient aussi un jambon et des langues de bœuf, et on entama un pâté de lièvre, dont la croûte même fut mangée par quatre ou cinq Bohémiens qui servirent à table. Ajoutez à cela la fricassée de six poulets de Ragotin, et vous avouerez qu'on n'y fit pas mauvaise chère. Les convives, outre les comédiens, étaient au nombre de neuf, tous bons danseurs et encore meilleurs larrons. On commença les santés par celles du roi et de messieurs les princes, et on but en général à celles de tous les bons seigneurs qui recevaient dans leurs villages les petites troupes. Le capitaine pria les comédiens de boire à la mémoire du défunt Charles Dodo, oncle de la dame accouchée, qui fut pendu pendant le siège de la Rochelle par la trahison du capitaine la Grave. On fit de très grandes imprécations contre ce faux frère et contre *tous* les prévôts, et on fit une grande dissipation du vin de Ragotin, dont la vertu fut telle que la débauche fut sans noise, et que chacun des conviés fit des protestations d'amitié à son voisin, le baisa avec tendresse et lui mouilla le visage de larmes. Ragotin fit tout à fait bien les honneurs de sa maison et but comme une éponge.

Après avoir bu toute la nuit, ils devaient vraisemblablement se coucher quand le soleil se leva ; mais ce même vin, qui les avait rendus si tranquilles buveurs, leur inspira à tous en même temps un esprit de séparation, si j'ose ainsi dire. La caravane fit ses paquets, non sans y comprendre quelques guenilles du fermier de Ragotin ; et le joli seigneur monta sur son mulet, et aussi sérieux qu'il avait été emporté pendant le repas, prit le chemin du Mans, sans se mettre en peine si la Rancune et l'Olive le suivaient, et n'ayant d'attention qu'à sucer une pipe à tabac qui était vide il y avait plus d'une heure. Il n'eut pas fait demi-lieue, toujours suçant sa pipe vide, qui ne lui donnait aucune fumée, que celles du vin l'étourdirent tout à coup. Il tomba de son mulet, qui retourna avec beaucoup de prudence à la métairie d'où il était parti, et, pour Ragotin, après quelques soulagements de son estomac trop chargé, qui fit ensuite parfaitement son devoir, il s'endormit au milieu du chemin.

Il n'y avait pas longtemps qu'il dormait, ronflant comme une pédale d'orgue, quand un homme nu (comme on peint notre premier père), mais effroyablement barbu, sale et crasseux, s'approcha de lui et se mit à le déshabiller. Cet homme sauvage fit de grands efforts pour ôter à Ragotin les bottes neuves que la Rancune s'était appropriées dans une hôtellerie en supposant que c'étaient les siennes ; et tous ses efforts, qui eussent éveillé Ragotin s'il n'eût pas été mort ivre, comme on dit, et qui l'eussent fait crier comme un homme qu'on tire à quatre chevaux, ne firent d'autre effet que de le traîner à écorche-cul la longueur de sept ou huit pas. Un couteau en tomba de la poche du beau dormeur ; ce vilain homme s'en saisit, et, comme s'il eût voulu écorcher Ragotin, il lui fendit sur la peau sa chemise, ses bottes et tout ce qu'il eut de la peine à lui ôter de dessus le corps ; et ayant fait un paquet de toutes les hardes de l'ivrogne dépouillé, l'emporta, fuyant comme un loup avec sa proie. Le corps nu de Ragotin, exposé au soleil, fut bientôt couvert et piqué de mouches et de moucherons de différentes espèces, dont pourtant il ne fut pas éveillé ; mais il le fut quelque temps après par une troupe de paysans qui conduisaient une charrette. Ils n'eurent pas plutôt vu Ragotin qu'ils s'écrièrent :

— Le voilà !

Et, s'approchant de lui avec le moins de bruit qu'ils purent, comme s'ils eussent eu peur de l'éveiller, ils s'assurèrent de ses pieds et de ses mains, qu'ils lièrent avec de grosses cordes, et, l'ayant ainsi garrotté, le portèrent dans leur charrette, qu'ils firent aussitôt partir avec autant de hâte qu'en a un galant qui enlève une maîtresse contre son gré et celui de ses parents. Ragotin était si ivre que toutes les violences qu'on lui fit ne purent l'éveiller, non plus que les rudes cahots de la charrette, que ces paysans faisaient aller fort vite et avec tant de précipitation qu'elle versa dans un

mauvais pas plein d'eau et de boue, et Ragotin par conséquent versa aussi. La fraîcheur du lieu où il tomba, dont le fond avait quelques pierres ou quelque chose d'aussi dur, et le rude branle de sa chute l'éveillèrent. L'état surprenant où il se trouva l'étonna furieusement. Il se voyait lié pieds et mains, et tombé dans la boue ; il se sentait la tête étourdie de son ivresse et de sa chute, et ne savait que juger de trois ou quatre paysans qui le relevaient, et d'autant d'autres qui relevaient une charrette. Il était si effrayé de son aventure que même il ne parla pas en si beau sujet de parler, lui qui était grand parleur de son naturel, et un moment après il n'eût pu parler à personne, quand il l'eût voulu : car les paysans, ayant tenu ensemble un conseil secret, délièrent le pauvre petit homme des pieds seulement, et, au lieu de lui en dire la raison ou de lui en faire quelque civilité, observant entre eux un grand silence, tournèrent la charrette du côté qu'elle était venue et s'en retournèrent avec autant de précipitation qu'ils en avaient eu à venir là.

Le lecteur discret est peut-être en peine de savoir ce que les paysans voulaient à Ragotin et pourquoi ils ne lui firent rien. L'affaire est assurément difficile à deviner, et ne se peut savoir à moins d'être révélée. Les paysans qui avaient lié le petit homme endormi étaient les proches parents du pauvre fou qui courait les champs et qui avait dépouillé Ragotin en plein jour. Ils avaient fait dessein 'denfermer leur parent, avaient souvent essayé de le faire, et avaient souvent été battus par le fou, qui était un fort et puissant homme. Quelques personnes du village qui avaient vu de loin reluire au soleil le corps de Ragotin, le prirent pour le fou endormi, et, n'ayant osé en approcher de peur d'être battus, ils en avaient averti ces paysans, qui vinrent avec toutes les précautions que vous avez vues, prirent Ragotin sans le reconnaître et, l'ayant reconnu pour n'être pas celui qu'ils cherchaient, le laissèrent les mains liées, afin qu'il ne pût rien entreprendre contre eux.

Ragotin, le corps crotté et meurtri, se leva le mieux qu'il put, et, ayant porté sa vue de part et d'autre, le plus loin qu'elle put s'étendre, sans voir ni maisons ni hommes, il prit le premier chemin qu'il trouva, bandant tous les ressorts de son esprit pour voir clair dans cette aventure. Ayant les mains liées, il recevait une furieuse incommodité de quelques moucherons opiniâtres, qui s'attachaient par malheur aux parties de son corps où ses mains garrottées ne pouvaient aller, et l'obligeaient quelquefois de se coucher à terre pour s'en délivrer en les écrasant, ou en leur faisant quitter prise. Enfin, il attaqua un chemin creux revêtu de haies et plein d'eau, et ce chemin allait au gué d'une petite rivière. Il s'en réjouit, faisant état de se laver le corps qu'il avait plein de boue ; mais, en approchant du gué, il vit un carrosse versé, d'où le cocher et un paysan tiraient, par les exhortations d'un vénérable homme d'église, cinq ou six religieuses fort mouillées.

C'était la vieille abbesse d'Estival, qui revenait du Mans, où une affaire importante l'avait fait aller, et qui, par la faute de son cocher, avait fait naufrage. L'abbesse et les religieuses tirées du carrosse aperçurent de loin la figure nue de Ragotin, qui venait droit à elles, dont elles furent fort scandalisées, et encore plus qu'elles le père Giflot, directeur discret de l'Abbaye. Il fit tourner vitement le dos aux bonnes mères, de peur d'irrégularité, et cria de toute sa force à Ragotin qu'il n'approchât pas de plus près. Ragotin poussa toujours en avant et commença d'enfiler une longue planche qui était là pour la commodité des gens de pied, et le père Giflot vint au-devant de lui, suivi du cocher et du paysan, et douta d'abord s'il devait l'exorciser, tant il trouvait sa figure diabolique. Enfin il lui demanda qui il était, d'où il venait, pourquoi il était nu, pourquoi il avait les mains liées, et lui fit toutes ces questions-là avec beaucoup d'éloquence, ajoutant à ses paroles le ton de la voix et l'action des mains.

Ragotin lui répondit incivilement :

— Qu'en avez-vous affaire ?

Et, voulant passer outre par la planche, il poussa si rudement le révérend père Giflot qu'il le fit choir dans l'eau. Le bon prêtre entraina avec lui le cocher, le cocher le paysan ; et Ragotin trouva leur manière de tomber dans l'eau si divertissante qu'il en éclata de rire. Il continua son chemin vers les religieuses, qui, le voile baissé, lui tournèrent le dos en haie, ayant toutes le visage tourné vers la campagne. Ragotin eut beaucoup d'indifférence pour le visage des religieuses, et passait outre, pensant en être quitte, ce que ne pensait pas le père Giflot. Il suivit Ragotin, secondé du paysan et du cocher, qui le plus en colère des trois, et déjà de mauvaise humeur à cause que madame l'abbesse l'avait grondé, se détacha du gros, joignit Ragotin, et, à grands coups de fouet, se vengea sur la peau d'autrui de l'eau qui avait mouillé la sienne.

Ragotin n'attendit pas une seconde décharge, il s'enfuit comme un chien qu'on fouette ; et le cocher, qui n'était pas satisfait d'un seul coup de fouet, se hâta d'y aller de plusieurs autres, qui tous tirèrent le sang de la peau du fustigé. Le père Giflot, quoique essoufflé d'avoir couru, ne se lassait pas de crier : « Fouettez ! fouettez ! » de toute sa force ; et le cocher de toute la sienne redoublait ses coups sur Ragotin, et commençait à s'y plaire, quand un moulin se présenta au pauvre homme comme un asile. Il y courut, ayant toujours son bourreau à ses trousses, et, trouvant la porte d'une basse-cour ouverte, y entra, et y fut reçu d abord par un mâtin qui le prit aux fesses. Il en jeta des cris douloureux, et gagna un jardin ouvert avec tant de précipitation qu'il renversa six ruches de mouches à miel, qui y étaient posées à l'entrée ; et ce fut là le comble de ses infortunes. Ces petits éléphants ailés, pourvus de proboscides et armés d'aiguillons, s'acharnèrent sur ce petit corps nu qui n'avait point de mains pour se défendre, et le blessèrent d'une horrible manière. Il en cria si haut, que le chien qui le mordait s'enfuit de la peur qu'il en eut, ou plutôt des mouches. Le cocher impitoyable fit comme le chien ; et le père Giflot, à qui la colère avait fait oublier pour un temps la charité, se repentit d'avoir été trop vindicatif, et alla trop lentement au secours d'un homme qu'on assassinait dans le jardin. Le meunier tira Ragotin d'entre les glaives pointus et venimeux de ces ennemis volants, et quoiqu'il fût enragé de la chute de ses ruches, il ne laissa pas d'avoir pitié du misérable. Il lui demanda où diable il se venait fourrer nu, et les mains liées, entre des paniers à mouches. Mais quand Ragotin eût voulu lui répondre, il ne l'eût pu dans l'extrême douleur qu'il sentait par tout son corps. Un petit ours nouveau-né, qui n'a pas encore été léché de sa mère, est plus formé en sa figure oursine que ne le fut Ragotin en sa figure humaine, après que les piqûres des mouches l'eurent enflé depuis les pieds jusqu'à la tête. La femme du meunier, pitoyable comme une femme, lui fit resser un lit et le fit coucher. Le père Giflot, le cocher et le paysan, retournèrent à l'abbesse d'Estival et à ses religieuses, qui se rembarquèrent dans leur carrosse, et, escortées du révérend père Giflot, monté sur une jument, continuèrent leur chemin. Il se trouva que le moulin était à l'élu du Rignon ou à son gendre Bagottière (je n'ai pas bien su lequel). Ce du Rignon était parent de Ragotin, qui, s'étant fait connaître au meunier et à sa femme, en fut servi avec beaucoup de soin, et pansé heureusement jusqu'à son entière convalescence par le chirurgien d'un bourg voisin.

Aussitôt qu'il put marcher, il retourna au Mans, où la joie de savoir que la Rancune et l'Olive avaient trouvé son mulet, et l'avaient ramené chez eux, lui fit oublier sa chute, la charrette, les coups de fouet du cocher, les morsures du chien et les piqûres des mouches.

SCARRON.

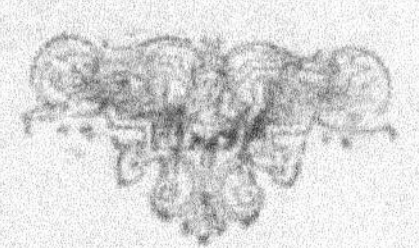

IV

LES DEUX CORDELIERS

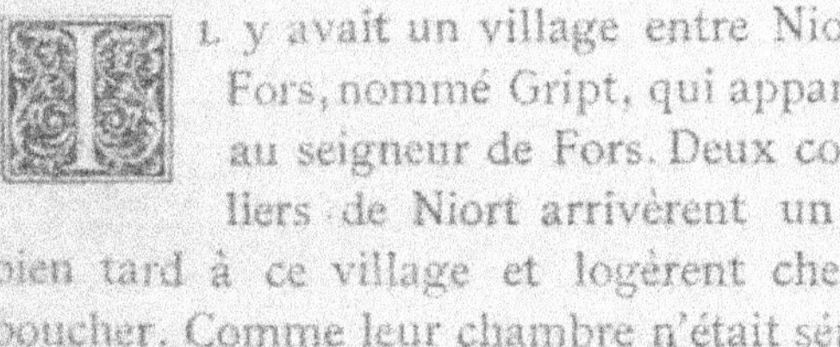

Il y avait un village entre Niort et Fors, nommé Gript, qui appartient au seigneur de Fors. Deux cordeliers de Niort arrivèrent un soir bien tard à ce village et logèrent chez un boucher. Comme leur chambre n'était séparée de celle de l'hôte que par une cloison de planches mal jointes, ils eurent la curiosité d'écouter ce que le mari et la femme se disaient au lit, et se mirent droit au chevet du mari. Comme il ne se défiait pas de ses hôtes, il entretenait sa femme de ménage et lui disait :

— Il faut, ma mie, que je me lève de bon matin pour aller voir mes cordeliers. Il y en a un bien gras ; nous le tuerons, le salerons incontinent et en ferons nos petites affaires.

Quoique le boucher parlât de ses cochons, qu'il appelait cordeliers, les deux pauvres frères, entendant cela, le prirent néanmoins pour leur compte, et attendaient le jour avec beaucoup d'impatience et d'alarmes.

Il y en avait un fort gras, et l'autre assez maigre.

Le gras voulait se confesser à son compagnon, disant qu'un boucher ayant perdu l'amour et la crainte de Dieu, ne ferait non plus difficulté de l'assommer qu'un bœuf ou quelque autre bête. Comme ils étaient enfermés dans leur chambre, et qu'ils n'en pouvaient sortir sans passer par celle de leur hôte, ils se représentaient que leur mort était assurée, et recommandaient leur âme à Dieu.

Le jeune, qui n'était pas si épouvanté que le vieux, lui disait que, puisqu'ils ne pouvaient sortir par la porte, il fallait essayer de sortir par la fenêtre, et que, mort pour mort, c'était toujours la même chose.

Le gros consentit à l'expédient. Le jeune ouvrit la fenêtre, et, voyant qu'elle n'était pas trop haute, sauta légèrement, et s'enfuit le plus promptement et le plus loin qu'il put sans attendre son compagnon, qui n'eut pas le même bonheur : car, comme il était pesant, il tomba si lourdement qu'il se fit très grand mal à la jambe, et demeura sur la place. Se voyant abandonné de son compagnon, et hors d'état de le suivre, il regarda autour de lui s'il n'y aurait point quelque endroit où il pût se cacher, et ne vit qu'un toit à cochons, où il se traîna comme il put. Comme il ouvrait la porte pour s'y fourrer, deux grands pourceaux qui y étaient s'échappèrent et laissèrent la place au cordelier. Il ferma la porte sur lui, espérant que, quand il entendrait des passants, il appellerait et trouverait du secours.

Aussitôt que le jour parut, le boucher prépara ses grands couteaux et dit à sa femme de venir lui aider à tuer ses deux cochons.

Arrivé au toit où le cordelier s'était caché, il ouvrit la petite porte et cria haut en l'ouvrant :

— Sortez, mes cordeliers, sortez. C'est aujourd'hui que je mangerai de vos boudins.

Le cordelier, qui ne pouvait s'appuyer sur sa jambe, sortit du toit sur ses genoux et sur les mains, criant de toute sa force miséricorde. Si le cordelier eut grand'peur, le boucher et sa femme n'en eurent pas moins. La première pensée qui leur vint dans l'esprit, fut que saint François était irrité contre eux de ce qu'ils avaient appelé des pourceaux cordeliers. Dans cette idée, ils se mirent à genoux devant le pauvre frère, demandant pardon à saint François et à son ordre. D'un côté, le cordelier criait miséricorde au boucher, et de l'autre le boucher au cordelier ; et cela avec tant de confusion et tant de frayeur qu'ils furent un gros quart d'heure sans pouvoir se rassurer. Le cordelier, reconnaissant enfin que le boucher n'avait point intention de lui faire de mal, lui dit pourquoi il s'était caché dans ce toit.

A la peur succéda le ris, si ce n'est de la part du pauvre cordelier, qui sentait une si grande douleur à sa jambe qu'il n'avait aucune envie de rire. Le boucher, pour le consoler en quelque manière, le ramena chez lui et le fit très bien panser. Son compagnon, qui l'avait abandonné au besoin, courut toute la nuit, et arriva le matin chez le seigneur de Fors, où il fit de grandes plaintes du boucher, qu'il croyait avoir tué son compagnon, puisqu'il ne l'avait pas suivi. Le seigneur de Fors envoya incontinent à Gript pour savoir ce qui en était. Il y trouva matière à rire et ne manqua pas d'en faire le conte à madame la duchesse d'Angoulême, sa maîtresse et mère de François Ier.

MARGUERITE DE NAVARRE.

V

LA PÊCHE DE L'ANNEAU

N le duché de Bourgogne, il y eut naguère un gentil chevalier dont l'histoire présente passe le nom, qui était marié à une belle et gente dame. Et assez près du château où ledit chevalier faisait résidence, demeurait un meunier, pareillement marié à une belle, gente et jeune femme. Advint une fois entre les autres que comme le chevalier, pour passer temps et prendre son ébattement, se pourmenait à l'environ de son hôtel et le long de la rivière sur

laquelle étaient assis lesdits hôtel et moulin dudit meunier, qui à ce coup n'était pas à l'hôtel, mais à Dijon ou à Beaune, il perçut et choisit la femme dudit meunier portant deux cruches et retournant de quérir de l'eau à la rivière. Il s'avança vers elle, et doucement la salua ; et elle, comme sage et bien apprise, lui fit honneur et la révérence, comme il convenait. Notre chevalier, voyant cette meunière très belle et en bon point, mais de sens assez pauvrement pourvue, lui dit :

— Certes, ma mie, j'aperçois bien que vous êtes malade et en grand péril.

Et à ces paroles, la meunière s'approcha et dit :

— Hélas ! Monseigneur, et que me faut-il ?

— Vraiment, ma mie, j'aperçois bien que, si vous cheminez encore un peu, votre devant est en très grand danger de choir ; et je vous ose bien dire que vous ne le porterez guère longuement qu'il ne vous tombe, tant je m'y connais.

La simple meunière, oyant les paroles de

monseigneur, devint très ébahie et courroucée, ébahie comment monseigneur pouvait savoir ne voir ce malheur advenir, et courroucée d'ouïr la perte du meilleur membre de son corps, et dont elle se servait le mieux, et son mari aussi.

Elle répondit :

— Hélas! Monseigneur, et que dites-vous! et à quoi connaissez-vous que mon devant est en danger de choir? Il me semble qu'il tient tant bien!

— Dia, ma mie, répondit Monseigneur, que cela vous suffise, et soyez sûre que je vous dis la vérité. Ne seriez pas la première à qui le cas est advenu.

— Hélas! dit-elle, Monseigneur, je suis donc bien femme défaite, déshonorée et perdue! que dira mon mari, notre dame! quand il saura ce malheur? Il ne tiendra plus compte de moi.

— Ne vous déconfortez que bien à point, ma mie, dit monseigneur; encore n'est pas le cas advenu ; aussi, il y a de beaux remèdes.

Quand la jeune meunière entend qu'on trouverait bien remède à son fait, le sang lui commence à revenir; et, ainsi qu'elle sait, prie à monseigneur, pour Dieu! que de sa grâce lui veuille enseigner ce qu'elle doit faire pour empêcher ce pauvre devant de choir.

Monseigneur, qui était très courtois et gracieux, particulièrement toujours envers les dames, lui dit :

— Ma mie, puisque vous êtes belle fille et bonne, et que j'aime bien votre mari, il me prend pitié et compassion de votre fait; aussi, vous enseignerai-je comment vous garderez votre devant.

— Hélas! Monseigneur, je vous en remercie, et certes vous ferez une œuvre bien méritoire, car autant me vaudrait ne pas exister que de vivre sans mon devant. Et que dois-je donc faire, Monseigneur?

— Ma mie, dit-il, afin de garder votre devant de choir, le remède est que, le plus promptement et souvent que vous pourrez, vous le fassiez recogner.

— Recogner, Monseigneur? Et qui le saurait faire? A qui me faudrait-il parler pour bien faire cette besogne?

— Je vous le dirai, ma mie, répondit monseigneur, puisque je vous ai avertie de votre malheur, qui très prochain et grave était, et aussi du remède nécessaire pour obvier aux inconvénients qui pourraient sourdre à l'occasion de votre cas, dont je suis sûr que me saurez bon gré. Afin de plus en plus nourrir amour entre nous deux, j'ai pour agréable de vous recogner votre devant, et je vous le rendrai en tel et si très bon état que partout le pourrez sûrement porter, sans avoir crainte ni doute que jamais il vous puisse choir; et de cela, je me fais bien fort.

Si notre meunière fut bien joyeuse, il ne le faut pas dire ni demander, qui mettait très grand'peine du peu de sens qu'elle avait de suffisamment remercier monseigneur. Ils marchèrent tant, monseigneur et elle, qu'ils vinrent au moulin où ils ne furent pas longtemps sans mettre la main à l'œuvre, car monseigneur, par sa courtoisie, d'un outil qu'il avait recogna en peu d'heures trois ou quatre fois le devant de notre meunière, qui très contente et joyeuse en fut. Et après que l'œuvre fut achevée, et jour assigné pour travailler encore à ce devant, monseigneur part, et tout le beau pas s'en retourna à son hôtel.

Au jour nommé, monseigneur se rendit vers la meunière, et, en la même façon que dessus, il s'employa le mieux qu'il put a recogner ce devant; et tant et si bien y travailla, par continuation de temps, que ce devant tut tout assuré et tenait très ferme et bien.

Pendant le temps que notre chevalier recognait et chevillait le devant de cette meunière, le meunier retourna de sa marchandise et fit grand'chère, et aussi fit sa femme. Et lorsqu'ils eurent devisé de leurs affaires et besognes, la très sage meunière va dire à son mari :

— Par ma foi, sire, nous avons bien de

l'obligation à monseigneur de cette ville.

— Voire, ma mie, dit le meunier, en quelle façon.

— C'est bien raison que je vous le dise, afin que le sachiez remercier, car vous y êtes bien tenu. Il est vrai que, tandis que vous avez été dehors, monseigneur passait par devant notre maison, une fois que, avec mes deux cruches, j'allais à la rivière; il me salua, ainsi lui fis-je, et, comme je marchais, il aperçut, je ne sais comment, que mon devant ne tenait comme rien, et qu'il était en trop grande aventure de choir; et il me le dit de sa grâce, dont je fus si très ébahie, voire, par Dieu! autant courroucée que si tout le monde fût mort. Le bon seigneur, qui me voit en ce point lamenter, en eut très grand'pitié; et de fait, il m'enseigna un bon remède pour me garder de ce maudit danger. Et encore me fit-il bien plus, ce qu'il n'eût pas fait à une autre : car le remède dont il m'avertit, qui était de faire recogner et cheviller mon devant, afin de le garder de choir, lui-même le mit à exécution;

ce qui lui fut de très grand'peine et en sua plusieurs fois, parce que mon cas requerait d'être souvent visité. Que vous dirai-je de plus? il s'en est tant bien acquitté que jamais ne lui saurions reconnaître ce service. Par ma foi! il m'a, tel jour de cette semaine, recogné les trois, les quatre fois, un autre, deux, un autre trois; il ne m'a jamais laissée tant que j'aie été toute guérie; et ainsi, il m'a mise en tel état que mon devant tient à cette heure aussi bien et fermement que celui de femme de notre ville.

Le meunier, oyant cette aventure, ne fit pas semblant par dehors tel que dedans son cœur portait, mais, comme s'il fût bien joyeux, dit à sa femme :

— Or çà, ma mie, je suis bien joyeux que monseigneur nous ait fait ce plaisir, et à si Dieu plaît, quand il sera possible, je ferai autant pour lui. Mais toutefois, parce que votre cas n'était pas bien honnête, gardez-vous bien d'en rien dire à personne, et aussi, puisque vous êtes bien guérie, il n'est plus utile que vous fatiguiez monseigneur.

Notre meunier, qui était gentil compagnon, rappelait souvent en sa tête la courtoisie que monseigneur lui avait faite, et se conduisit si bien et si sagement que jamais mon dit seigneur ne s'aperçut qu'il se doutât de la tromperie qu'il lui avait faite, et pensait en soi-même qu'il n'en savait rien. Mais, hélas! il n'avait ailleurs son cœur, son étude, ni tous ses pensers, qu'à se venger de lui, s'il savait en façon telle ou semblable qu'il déçût sa femme. Et tant fit par son engin, qui point oiseux n'était, qu'il avisa une manière par laquelle bien lui semblait, s'il en pouvait venir à bout, que monseigneur recevrait beurre pour œufs.

Pour plusieurs affaires qui survinrent à celui-ci, il monta à cheval et prit de madame congé bien pour un mois, dont notre meunier ne fut pas moyennement joyeux. Un jour entre les autres, madame eut volonté de se baigner et fit tirer le bain et chauffer les étuves en son hôtel à part, ce que notre meunier sut très bien, parce qu'il était assez familier céans; aussi, il s'avisa de prendre un beau brochet qu'il avait en sa fosse, et il vint au château pour le présenter à madame. Aucunes femmes de madame voulaient prendre le brochet, et de la part du meunier en faire présent à madame; mais le meunier très bien les en garda, et dit qu'il le voulait lui-même à madame présenter, ou vraiment qu'il le remporterait. Au fort de la discussion, comme il était pour ainsi dire de céans et joyeux homme, madame, qui était dans son bain, le fit venir. Le gracieux meunier fit son présent, dont madame le remercia, et le fit porter à la cuisine et mettre à point pour le souper.

Pendant que madame devisait avec le meunier, il aperçut sur le bout de la cuve un très beau diamant et gros qu'elle avait ôté de son doigt, craignant de le gâter dans l'eau. Il le croqua si simplement qu'il ne fut de madame aperçu; puis il donna la bonne nuit à madame et à sa compagnie, et s'en retourna à son moulin, pensant au surplus de son affaire. Madame, qui faisait grand'chère avec ses femmes, voyant qu'il était déjà bien tard et l'heure de souper, abandonna le bain et en son lit se bouta. Et comme elle regardait ses bras et ses mains, elle ne vit point son diamant ; elle appela ses femmes et leur demanda à laquelle elle l'avait baillé :

Chacune disait :

— Ce ne fut pas à moi.

— Ni à moi.

— Ni à moi non plus.

On cherche en haut et en bas, dedans la cuve, sur la cuve, et partout ; mais rien n'y vaut, on ne le peut trouver. La quête de ce diamant dura longuement, sans qu'on en sût ouïr nouvelle, dont madame se donnait bien mauvais temps, parce qu'il était méchamment perdu et en sa chambre. Et aussi monseigneur le lui donna le jour de ses épousailles, de sorte qu'il lui était beaucoup plus cher. On n'en savait qui soupçonner, ni à qui le demander, dont grand deuil naquit céans. L'une des femmes s'avisa et dit :

— Ame n'est céans entrée que nous qui y sommes et le meunier : il me semblerait bon qu'il fût mandé.

On le mande, il y vint. Madame, si très courroucée et si déplaisante que plus ne pouvait, demanda au meunier s'il n'avait pas vu son diamant. Et lui, autant assuré en bourdes qu'un autre à dire vérité, s'excusa très hautement, même osa bien demander à madame si elle le tenait pour larron ; à quoi elle répondit doucement :

— Certes, meunier, nenni ; aussi ce ne serait pas larcin si vous aviez par plaisanterie mon diamant emporté.

— Madame, dit le meunier, je vous promets par ma foi que de votre diamant je ne sais nouvelles.

Adonc fut la compagnie bien stupide, et madame spécialement, qui en fut si très déplaisante qu'elle ne sut sa contenance que de jeter larmes à grande abondance, tant elle eut regret de cet anneau.

La triste compagnie se met au conseil pour

savoir ce qu'il importe de faire. L'une dit qu'il faut qu'il soit en la chambre ; l'autre dit qu'elle a cherché partout, et qu'impossible est qu'il y soit sans qu'on le trouve, attendu que c'est une chose qui à cette heure se montre bien.

Le meunier demande à Madame si elle l'avait à l'entrée du bain, et elle dit que oui.

— S'il en est ainsi, madame, dit-il, vu la grande diligence qu'on a faite de le quérir sans en avoir nouvelle, la chose est bien étrange. Toutefois, il me semble que, s'il y avait homme en cette ville qui sût donner conseil pour le retrouver, je serais celui-là ; et parce que je ne voudrais pas que ma science fût découverte ni connue de plusieurs, il serait expédient que je parlasse à vous à part.

— A cela ne tient, dit madame.

Donc, elle fit partir la compagnie, et au départ que firent les femmes dirent dame Jehanne, dame Isabeau et Catherine :

— Hélas ! meunier, que vous serez bon homme si vous faites revenir ce diamant.

— Je ne m'en fais pas fort, dit le meunier,

mais j'ose bien dire, s'il est possible de jamais le trouver, que j'en apprendrai la manière.

Quand il se vit à part avec madame, il lui dit qu'il se doutait très fort et pensait certainement (puisqu'à l'arrivée au bain elle avait son diamant), qu'il fut sailli de son doigt et chu en l'eau, et que dedans son corps il se fût bouté, attendu qu'il n'y avait âme qui le voulût retenir. Et la diligence faite pour le trouver, il fit monter madame sur son lit, ce qu'elle eût volontiers refusé pour mieux faire. Et après qu'il l'eut assez avant découverte, il fit manière de regarder çà et là, et dit :

— Sûrement, Madame, le diamant est entré en votre corps.

— Et dites-vous, meunier, que vous l'avez aperçu?

— Oui, vraiment.

— Hélas! dit-elle, comment le pourra-t-on tirer?

— Très bien, Madame ; je ne doute pas que je n'en vienne à bout, s'il vous plaît.

— Ainsi! m'aide Dieu! il n'est chose que je

ne fasse pour le ravoir, dit madame ; or, avancez-vous, beau meunier.

Madame, encore sur le lit couchée, fut mise par le meunier tout en telle façon que monseigneur mettait sa femme quand il lui recognait son devant, et d'un tel outil fit-il la lente, pour quérir et pêcher le diamant. Après tes reposées de la première et deuxième quête que le meunier fit du diamant, madame demanda s'il l'avait point senti. Et il dit que oui, dont elle fut bien joyeuse, et le pria qu'il pêchât encore jusqu'à ce qu'il l'eût trouvé. Pour abréger, tant fit le bon meunier qu'il rendit à madame son très beau diamant, dont très grande joie vint par céans ; et n'eut jamais meunier tant d'honneur ni d'avancement que madame et ses femmes lui donnèrent.

Ce bon meunier en la très bonne grâce de madame après la très désirée conclusion de sa haute entreprise, part de céans, et vint en sa maison sans se vanter à sa femme de sa nouvelle aventure, dont il était plus joyeux que s'il eût tout le monde gagné. Dieu merci, peu de temps après, monseigneur revint en sa maison, où il fut doucement reçu et de madame humblement bienvenu, laquelle, après plusieurs devises qui au lit se font, lui conta la très merveilleuse aventure de son diamant, et comment il fut repêché de son corps par le meunier; et pour abréger, tout du long lui conta le procès, la façon et la manière que tint ledit meunier en la quête dudit diamant, dont il n'eut guère grande joie; mais pensa que le meunier la lui avait baillée belle.

A la première fois qu'il rencontra le bon meunier, il le salua hautement et dit :

— Dieu garde, Dieu garde ce bon pêcheur de diamant!

A quoi le bon meunier répondit : — Dieu garde, Dieu garde ce recogneur de c..!

— Par Notre Dame! tu dis vrai, dit le seigneur; tais-toi de moi, et ainsi ferai-je de toi.

Le meunier fut content, et jamais plus n'en parla; le seigneur fit de même.

MONSEIGNEUR DE LA ROCHE.

VI

ET ALORS...

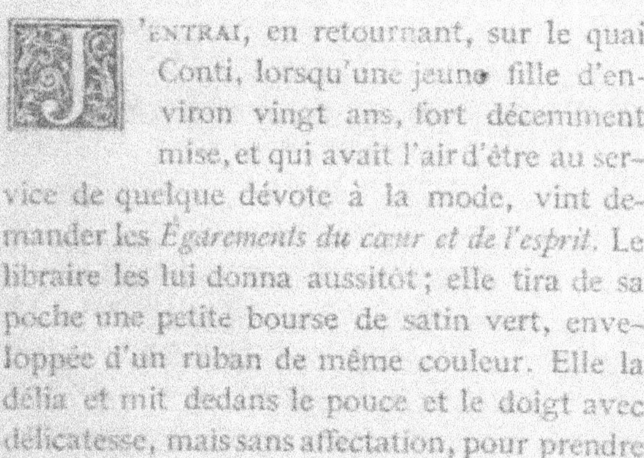

J'entrai, en retournant, sur le quai Conti, lorsqu'une jeune fille d'environ vingt ans, fort décemment mise, et qui avait l'air d'être au service de quelque dévote à la mode, vint demander les *Égarements du cœur et de l'esprit.* Le libraire les lui donna aussitôt; elle tira de sa poche une petite bourse de satin vert, enveloppée d'un ruban de même couleur. Elle la délia et mit dedans le pouce et le doigt avec délicatesse, mais sans affectation, pour prendre de l'argent, et paya. Rien ne me retenait dans la boutique, et j'en sortis avec elle.

— Ma belle enfant, lui dis-je, quel besoin avez-vous des *Égarements du cœur?* A peine savez-vous encore que vous en avez un, jusqu'à ce que l'amour vous l'ait dit, ou qu'un berger infidèle lui ait causé du mal...

— Dieu m'en garde! répondit-elle.

— Oui, vous avez raison. Votre cœur est bon, et ce serait dommage qu'on vous le dérobât... C'est pour vous un trésor précieux, il vous donne un meilleur air que si vous étiez parée de perles et de diamants.

La jeune fille m'écoutait avec une attention docile, et elle tenait sa bourse par un ruban.

— Elle est bien légère, lui dis-je, en la saisissant.

Et aussitôt elle l'avança vers moi.

— Il y a bien peu de chose dedans, continuai-je. Mais soyez toujours aussi sage que vous êtes belle, et le ciel la remplira...

J'avais encore dans la main cinq ou six écus; elle m'avait tout à fait laissé aller sa bourse, et j'y mis un écu. Je l'enveloppai du ruban et la lui rendis.

Elle me fit, sans parler, une humble inclination... Je ne me trompai pas à ce que cela signifiait... C'était une de ces inclinations tranquilles et reconnaissantes où le cœur a plus de part que le geste. Le cœur sent le bienfait, et le geste exprime la reconnaissance. Je n'ai jamais donné un écu à une fille avec plus de plaisir.

— Mon avis ne vous aurait servi à rien, ma chère, sans ce petit présent... Mais quand vous verrez l'écu, vous vous souviendrez de l'avis... N'allez pas le dépenser en rubans...

— Je vous assure, Monsieur, que je le conserverai... (et elle me donna la main). Oui, Monsieur, je le mettrai à part.

Une conversation vertueuse qui se fait entre homme et femme semble sanctifier toujours leurs démarches... Il était déjà tard et faisait obscur; malgré cela, comme nous allions du même côté, nous n'eûmes point de scrupule d'aller ensemble le long du quai de Conti.

Elle me fit une seconde inclination en partant ; et nous n'étions pas encore à vingt pas que, croyant n'avoir pas assez fait, elle s'arrêta pour me remercier encore.

— C'est un petit tribut, lui dis-je, que je n'ai pu m'empêcher de payer à la vertu... Je serais au désespoir si la vertu de la personne ne répondait pas à l'hommage que je viens de lui rendre... Mais l'innocence, ma chère, est peinte sur votre visage. Malheur à celui qui essayerait de lui tendre des pièges!

Elle parut extrêmement sensible à ce que je lui disais... Elle fit un profond soupir... Je ne lui en demandai pas la raison, et nous gardâmes le silence jusqu'au coin de la rue Guénégaud, où nous devions nous séparer.

— Est-ce ici le chemin, lui dis-je, ma chère, de l'hôtel de Modène?

— Oui... mais on peut y aller aussi par la rue de Seine.

— Eh bien ! j'irai donc par la rue de Seine pour deux raisons, d'abord parce que cela me fera plaisir, et ensuite pour vous accompagner plus longtemps.

— En vérité, dit-elle, je souhaiterais que l'hôtel fût dans la rue des Saints-Pères...

— C'est peut-être là que vous demeurez?

— Oui, Monsieur, je suis femme de chambre de madame de R...

— Bon Dieu ! m'écriai-je, c'est précisément la dame pour laquelle on m'a chargé d'une lettre à Amiens.

Elle me dit que madame de R... attendait effectivement un étranger qui devait lui remettre une lettre, et qu'elle était fort impatiente de le voir.

— Eh bien! ma chère enfant, dites-lui que vous l'avez rencontré. Assurez-la de mes respects, et que j'aurai l'honneur de la voir demain matin.

C'est au coin de la rue Guénégaud que nous disions tout cela... Nous étions arrêtés... La jeune fille mit les deux volumes qu'elle venait d'acheter dans ses poches, et je lui prêtai pour cela mon secours.

Qu'il est doux de sentir la finesse des fils qui lient nos affections.

Nous nous remîmes encore en marche... et nous n'avions pas fait trois pas qu'elle me prit par le bras... J'allais le lui dire, mais elle le fit d'elle-même avec une simplicité peu réfléchie, et sans songer qu'elle ne m'avait jamais vu... Pour moi, je crus sentir si vivement en ce moment les influences de ce qu'on appelle la force du sang, que je la fixai pour voir si je ne pouvais pas trouver en elle quelque ressemblance de famille.

— Eh ! ne sommes-nous pas, lui dis-je, tous parents ?

Arrivés au coin de la rue de Seine, je m'arrêtai pour lui dire adieu. Elle me remercia encore, et pour ma politesse, et pour lui avoir tenu compagnie. Nous avions quelque peine à nous séparer... cela ne se fit qu'en nous disant adieu deux fois.

Notre séparation était si cordiale que je l'aurais scellée, je crois, en tout autre lieu d'un baiser aussi saint, aussi chaud que celui d'un apôtre.

Mais à Paris les baisers ne se donnent guère, du moins publiquement, qu'entre femmes et qu'entre hommes.

Je fis mieux, je priai Dieu de la bénir.

Quelques jours après, le portier me dit qu'une jeune fille, qui avait une boîte de carton, était venue me demander un instant avant que j'arrivasse.

— Je ne sais, dit-il, si elle s'est en allée ou non.

Je pris la clef de ma chambre, et je trouvai dans l'escalier la jeune fille qui descendait.

C'était mon aimable fille du quai de Conti. Madame de R... l'avait envoyée chez une marchande de modes, à deux pas de l'hôtel de Modène ; je ne l'avais pas été voir, et elle lui avait dit de s'informer si je n'étais déjà plus à Paris, et, en ce cas, si je n'avais pas laissé une lettre à son adresse.

Elle monta avec moi dans ma chambre pour attendre que j'eusse écrit une carte. C'était une belle soirée de la fin du mois de mai. Les rideaux de la fenêtre, de taffetas cramoisi, étaient tirés l'un contre l'autre...

Le soleil se couchait et il réfléchissait une si belle teinture sur le visage charmant de la jeune beauté que je crus qu'elle rougissait... Cette idée me fit rougir moi-même... Nous étions seuls, et cette circonstance me donna une seconde rougeur avant que la première fût dissipée.

Il y a une espèce agréable de rougeur qui est à moitié criminelle, et qui provient plutôt du sang que de l'homme lui-même... Le cœur l'envoie avec impétuosité, et la vertu vole à sa suite... Mais ce n'est pas pour la rappeler, c'est pour rendre la sensation plus agréable... Elle vient en compagnie... Je ne la décrirai pas... Je sentis d'abord quelque chose en moi qui n'était pas conforme à la leçon de vertu que j'avais donnée, la veille, sur le quai de Conti ; je cherchai une carte pendant cinq ou six minutes, quoique je susse que je n'en avais point... Je pris une plume, et je la laissai tomber ; ma main tremblait ; le diable m'agitait.

Je savais aussi bien qu'un autre qu'il s'enfuirait en lui résistant. Mais il est rare que je lui résiste, de peur d'être blessé au combat, quoique vainqueur... J'aime mieux, pour plus de sûreté, céder le triomphe ; et c'est moi-même qui fuis, au lieu de le faire fuir.

La jeune fille s'approcha du secrétaire, où je cherchais si inutilement ma carte... Elle ramassa la plume, et m'offrit de me tendre l'encrier, et cela d'une voix si douce, que j'allais l'accepter ; cependant je n'osai pas.

— Mais, ma chère, je n'ai pas de carte, lui dis-je, pour écrire.

— Qu'importe ? écrivez, dit-elle naïvement, sur telle autre chose que ce soit.

Ah ! je fus tenté de lui dire : « Je vais donc écrire sur vos lèvres... » Mais je suis perdu, me dis-je, si je fais cela.

— Mon enfant, je n'écrirai point.

Je la pris par la main, et la menai vers la porte, en la priant de ne point oublier la leçon que je lui avais donnée. Elle me promit de s'en souvenir, et elle fit cette promesse avec tant d'ardeur qu'en se retournant, elle mit ses deux mains dans les miennes... Il était impossible, dans cette situation, de ne pas les serrer; je souhaitais de les laisser aller, et je les retournais encore... L'action me faisait de la peine, mais je tenais toujours les mains serrées... Je voulais finir ce combat en les quittant, et je le recommençais. Mes genoux s'entre-choquaient, mon sang tressaillait.

Le lit n'était qu'à deux pas de nous... Je lui tenais encore les mains ... et je ne sais comment cela arriva... Je ne lui dis pas... Je ne l'y attirai pas... Je ne pensais pas même au lit... Mais nous nous trouvâmes tous deux assis sur le pied du lit.

— Il faut, dit-elle, que je vous montre la petite bourse que j'ai faite ce matin pour mettre votre écu.

Elle la chercha dans sa poche droite, qui était de mon côté, et la chercha pendant quelque temps. Elle la chercha dans sa poche gauche, et, ne la trouvant pas, elle craignait de l'avoir perdue... Je n'ai jamais attendu une chose avec autant de patience. Enfin, elle la trouva dans sa poche droite, et elle me dit, en la tenant au bout de ses doigts :

— La voilà.

Elle était de taffetas vert, doublé de satin blanc piqué, et n'était pas plus grande qu'il ne fallait pour contenir l'écu qui était dedans. Elle était joliment faite, et elle me la mit dans la main. Je la tins dix minutes sur son tablier... Je regardai la bourse. Mes yeux se jetaient quelquefois de côté, mais ils rencontraient plus souvent ceux de la jolie fille.

J'avais un col plissé dont quelques fils s'étaient rompus. Elle enfila, sans rien dire, une aiguille, et se mit à le raccommoder... Je prévis alors tout le danger que courait ma gloire... Sa main, qu'elle faisait passer sur mon cou, en gardant le silence, agitait les lauriers que mon imagination avait placés sur ma tête, et ils étaient près de tomber. La boucle d'un de ses souliers s'était défaite en marchant...

— Voyez, dit-elle en levant son pied, j'allais la perdre, si je ne m'en étais aperçue.

Je ne pouvais pas faire moins, en reconnaissance du soin qu'elle avait pris à raccommoder mon col, que de rattacher la boucle... et de lever l'autre pied pour voir si les boucles étaient placées l'une comme l'autre... Je le fis un peu brusquement... et la belle fille fut renversée... et alors...

Sterne.

VII

UN
PETIT MAL POUR UN GRAND BIEN

C'EST une maxime faussement établie qu'il n'est pas permis de faire un petit mal dont un plus grand bien pourrait résulter. Saint Augustin a été entièrement de cet avis, comme il est aisé de le voir dans le récit de cette petite aventure, arrivée dans son diocèse, sous le proconsulat de Septimus Acindinus, et rapportée dans le livre de la Cité de Dieu.

Il y avait à Hippone un vieux curé, grand

inventeur de confréries, confesseur de toutes les jeunes filles du quartier, et qui passait pour un homme inspiré de Dieu, parce qu'il se mêlait de dire la bonne aventure, métier dont il se tirait assez passablement.

On lui amena un jour une jeune fille nommée Cosi-Sancta ; c'était la plus belle personne de la province ; elle avait un père et une mère jansénistes, qui l'avaient élevée dans les principes de la vertu la plus rigide, et, de tous les amants qu'elle avait eus, aucun n'avait pu seulement lui causer dans ses oraisons un moment de distraction. Elle était accordée depuis quelques jours à un petit vieillard ratatiné, nommé Capito, conseiller au présidial d'Hippone ; c'était un petit homme bourru et chagrin, qui ne manquait pas d'esprit, mais qui était pincé dans la conversation, ricaneur, et assez mauvais plaisant ; jaloux d'ailleurs comme un Vénitien, et qui pour rien au monde ne se serait accommodé d'être l'ami des galants de sa femme. La jeune créature faisait tout ce qu'elle pouvait pour l'aimer, parce qu'il devait être son mari; elle y allait de la meilleure foi du monde, et cependant n'y réussissait guère.

Elle alla consulter son curé pour savoir si son mariage serait heureux. Le bon homme lui dit d'un ton de prophète : « Ma fille, ta vertu causera bien des malheurs; mais tu seras un jour canonisée, pour avoir fait trois infidélités à ton mari. »

Cet oracle étonna et embarrassa cruellement l'innocence de la belle fille : elle pleura; elle en demanda l'explication, croyant que ces paroles cachaient quelque sens mystique; mais toute l'explication qu'on lui donna fut que les trois fois ne devaient point s'entendre de trois rendez-vous avec le même amant, mais de trois aventures différentes.

Alors Cosi-Sancta jeta de hauts cris; elle dit même quelques injures au curé, et jura qu'elle ne serait jamais canonisée. Elle le fut pourtant, comme vous l'allez voir.

Elle se maria bientôt après. La noce fut très galante : elle soutint assez bien tous les mauvais discours qu'elle eut à essuyer, toutes les équivoques fades, toutes les grossièretés assez mal enveloppées dont on embarrasse ordinairement la pudeur des jeunes mariées; elle dansa de fort bonne grâce avec quelques jeunes gens fort bien faits et très jolis, à qui son mari trouvait le plus mauvais air du monde.

Elle se mit au lit auprès du petit Capito avec un peu de répugnance: elle passa une fort bonne partie de la nuit à dormir, et se réveilla toute rêveuse. Son mari était pourtant moins le sujet de sa rêverie qu'un jeune homme nommé Ribaldos, qui lui avait donné dans la tête sans qu'elle en sût rien. Ce jeune homme semblait formé par les mains de l'Amour; il en avait les grâces, la hardiesse et la friponnerie: il était un peu indiscret, mais il ne l'était qu'avec celles qui le voulaient bien; c'était la coqueluche d'Hippone; il avait brouillé toutes les femmes de la ville les unes contre les autres, et il l'était avec tous les maris et toutes les mères: il aimait d'ordinaire par étourderie, un peu par vanité; mais il aima Cosi-Sancta par goût, et l'aima d'autant plus éperdument que la conquête en était plus difficile.

Il s'attacha d'abord, en homme d'esprit, à plaire au mari; il lui faisait mille avances, le louait sur sa bonne mine et sur son esprit aisé et galant; il perdait contre lui de l'argent au jeu, et avait tous les jours quelque confidence de rien à lui faire. Cosi-Sancta le trouvait le plus aimable du monde: elle l'aimait déjà plus qu'elle ne croyait; elle ne s'en doutait point, mais son mari s'en douta pour elle. Quoiqu'il eût tout l'amour-propre qu'un petit homme peut avoir, il ne laissa pas de se douter que les visites de Ribaldos n'étaient point pour lui seul: il rompit avec lui sur quelque mauvais prétexte et lui défendit sa maison.

Cosi-Sancta en fut très fâchée, et n'osa le dire; et Ribaldos, devenu plus amoureux par les difficultés, passa tout son temps à épier les moments de la voir: il se déguisa en moine, en revendeuse à la toilette, en joueur de marionnettes; mais il n'en fit point assez pour triompher de sa maîtresse et il en fit trop pour n'être pas reconnu par le mari. Si Cosi-Sancta avait été d'accord avec son amant, ils auraient si bien pris leurs mesures que le mari n'aurait rien pu soupçonner; mais comme elle combattait son goût, et qu'elle n'avait rien à se reprocher, elle sauvait tout, hors les apparences; et son mari la croyait très coupable.

Le petit bonhomme, qui était très colère, et qui s'imaginait que son honneur dépendait de la fidélité de sa femme, l'outragea cruellement, et la punit de ce qu'on la trouvait belle. Elle se trouva dans la plus horrible situation où une femme puisse être, accusée injustement, et maltraitée par un mari à qui elle était fidèle, et déchirée par une passion violente qu'elle cherchait à surmonter.

Elle crut que, si son amant cessait ses poursuites, son mari pourrait cesser ses injustices, et qu'elle serait assez heureuse pour se guérir d'un amour que rien ne nourrirait plus. Dans cette vue, elle se hasarda d'écrire cette lettre à Ribaldos :

« Si vous avez de la vertu, cessez de me rendre malheureuse : vous m'aimez, et votre amour m'expose aux soupçons et aux violences d'un maître que je me suis donné pour le reste de ma vie. Plût au ciel que ce fût encore le seul risque que j'eusse à courir ! Par pitié pour moi, cessez vos poursuites ; je vous en conjure par cet amour même qui fait votre malheur et le mien, et qui ne peut jamais vous rendre heureux. »

La pauvre Cosi-Sancta n'avait pas prévu qu'une lettre si tendre, quoique si vertueuse, ferait un effet tout contraire à celui qu'elle espérait : elle enflamma plus que jamais le cœur de son amant, qui résolut d'exposer sa vie pour voir sa maîtresse.

Capito, qui était assez sot pour vouloir être averti de tout, et qui avait de bons espions, fut averti que Ribaldos s'était déguisé en frère carme quêteur pour demander la charité à sa femme ; il se crut perdu : il imagina que l'habit d'un carme était bien plus dangereux qu'un autre pour l'honneur d'un mari ; il aposta des gens pour étriller frère Ribaldos ; il ne fut que trop bien servi : le jeune homme, en entrant dans la maison, est reçu par ces messieurs ; il a beau crier qu'il est un très honnête carme et qu'on ne traite pas ainsi de pauvres religieux, il fut assommé, et mourut à quinze jours de là d'un coup qu'il avait reçu sur la tête. Toutes les femmes de la ville le pleurèrent. Cosi-Sancta en fut inconsolable : Capito même en fut fâché, mais par une autre raison, car il se trouvait avoir une très mauvaise affaire sur les bras.

Ribaldos était parent du proconsul Acindinus. Ce Romain voulut faire une punition exemplaire de cet assassinat, et comme il avait eu quelques querelles autrefois avec le présidial d'Hippone, il ne fut pas fâché d'avoir de quoi faire pendre un conseiller ; et il fut fort aise que le sort tombât sur Capito, qui était bien le plus vain et le plus insupportable petit robin du pays.

Cosi-Sancta avait donc vu assassiner son amant et était près de voir pendre son mari, et tout cela pour avoir voulu être vertueuse ; car, comme je l'ai dit, si elle avait donné ses faveurs à Ribaldos, le mari en eût été bien mieux trompé.

Voilà comment la moitié de la prédiction du curé fut accomplie. Cosi-Sancta se ressouvint alors de l'oracle : elle craignit fort d'en accomplir le reste ; mais, ayant bien fait réflexion qu'on ne peut vaincre sa destinée, elle s'abandonna à la Providence, qui la mena au but par les chemins du monde les plus honnêtes.

Le proconsul Acindinus était un homme plus débauché que voluptueux, s'amusant très peu aux préliminaires, brutal, familier, vrai héros de garnison, très craint de la province, et avec qui toutes les femmes d'Hippone avaient eu affaire, uniquement pour ne pas se brouiller avec lui.

Il fit venir chez lui madame Cosi-Sancta ;

elle arriva en pleurs ; mais elle n'en avait que plus de charmes.

— Votre mari, Madame, lui dit-il, va être pendu ; et il ne tient qu'à vous de le sauver.

— Je donnerais ma vie pour la sienne, lui dit la dame.

— Ce n'est pas cela que je vous demande, répliqua le proconsul.

— Et que faut-il donc faire ? dit-elle.

— Je ne veux qu'une de vos nuits, reprit le proconsul.

— Elles ne m'appartiennent pas, dit Cosi-Sancta, c'est un bien qui est à mon mari ; je donnerais mon sang pour le sauver, mais je ne puis donner mon honneur.

— Mais si votre mari y consent ? dit le proconsul.

— Il est maître, répondit la dame : chacun fait de son bien ce qu'il veut ; mais je connait mon mari, il n'en fera rien ; c'est un petit homme têtu, tout propre à se laisser pendre plutôt que de permettre qu'on me touche du bout du doigt.

— Nous allons voir cela, dit le juge en colère.

Sur-le-champ, il fit venir devant lui le criminel : il lui proposa ou d'être pendu ou d'être cocu ; il n'y avait point à balancer. Le petit bonhomme se fit pourtant tirer l'oreille : il fit enfin ce que tout autre homme aurait fait à sa place. Sa femme par charité lui sauva la vie, et ce fut la première des trois fois.

Le même jour, son fils tombe malade d'une maladie fort extraordinaire, inconnue de tous les médecins d'Hippone : il n'y en avait qu'un qui eût des secrets pour cette maladie, encore demeura-t-il à Aquila, à quelques lieues d'Hippone. Il était défendu alors à un médecin établi dans la ville d'en sortir pour aller exercer sa profession dans une autre. Cosi-Sancta fut obligée elle-même d'aller à sa porte à Aquila, avec un frère qu'elle avait et qu'elle aimait. Dans les chemins, elle fut arrêtée par des brigands : le chef de ces messieurs la trouva très jolie, et, comme on était près de tuer son frère, il s'approcha d'elle, et lui dit que, si elle voulait avoir un peu de complaisance, on ne tuerait point son frère, et qu'il ne lui en coûterait rien. La chose était pressante; elle venait de sauver la vie à son mari, qu'elle n'aimait guère; elle allait perdre un frère, qu'elle aimait beaucoup; d'ailleurs, le danger de son fils l'alarmait: il n'y avait pas de moment à perdre; elle se recommanda à Dieu, fit tout ce qu'on voulut; et ce fut la seconde des trois fois.

Elle arriva le même jour à Aquila, et descendit chez le médecin. C'était un de ces médecins à la mode que les femmes envoient chercher quand elles ont des vapeurs et quand elles n'ont rien du tout; il était le confident des unes, l'amant des autres; homme poli, complaisant, un peu brouillé avec la faculté, dont il avait fait de bonnes plaisanteries dans l'occasion.

Cosi-Sancta lui exposa la maladie de son fils, et lui offrit un gros sesterce (vous remarquerez qu'un gros sesterce fait en monnaie de France mille écus, et plus).

— Ce n'est pas de cette monnaie, Madame, que je prétends être payé, lui dit le galant médecin ; je vous offrirais moi-même tout mon bien, si vous étiez dans le goût de vous faire payer des cures que vous pouvez faire : guérissez-moi seulement du mal que vous me faites, et je rendrai la santé à votre fils.

La proposition parut extravagante à la dame ; mais le destin l'avait accoutumée aux choses bizarres ; le médecin était un opiniâtre qui ne voulait pas d'autre prix de son remède. Cosi-Sancta n'avait point de mari à consulter ; et le moyen de laisser mourir un fils qu'elle adorait, faute du plus petit secours du monde qu'elle pouvait lui donner ! Elle était aussi bonne mère que bonne sœur ; elle acheta le remède au prix qu'on voulut ; et ce fut la dernière des trois fois.

Elle revint à Hippone avec son frère, qui ne cessait de la remercier durant le chemin du courage avec lequel elle lui avait sauvé la vie.

Ainsi Cosi-Sancta, pour avoir été trop sage, fit périr son amant et condamner à mort son mari. On trouva qu'une pareille femme était fort nécessaire dans une famille : on la canonisa après sa mort pour avoir fait tant de bien à ses parents en se mortifiant ; et l'on grava sur son tombeau :

UN PETIT MAL POUR UN GRAND BIEN.

VOLTAIRE.

VIII

ANECDOTES PLAISANTES
ET
MENUS PROPOS

DE DEUX POINTS POUR FAIRE TAIRE UNE FEMME.

Un jeune homme, devisant avec une femme de Paris, laquelle se vantait d'être maîtresse, lui disait :

— Si j'étais votre mari, je vous empêcherais bien de faire à votre tête. Il vous faudrait passer par là aussi bien que les autres. Oui ! dit-il. Assurez-vous que je sais deux *points* pour avoir raison d'une femme.

— Que dites-vous, fit-elle ? Et quels sont ces deux points-là ?

Le jeune homme, en fermant la main :

— En voilà un ! dit-il.

Puis, tout soudain, en fermant l'autre main :

— Et voilà l'autre !

De cela, il fut bien ri, car la femme s'attendait à ce qu'il lui découvrît deux raisons nouvelles pour mettre les femmes à la raison, prenant points de *point;* mais l'autre entendait poings de *poing*. Et, par mon âme, je crois qu'il n'y a ni poing ni point qui sache rendre sage la femme, quand elle l'a mis en sa tête.

BONAVENTURE DESPÉRIERS.

* * *

L'ARMOIRE AU PAIN.

Une greffière avait coutume d'emporter la clef de l'armoire au pain, après en avoir taillé quelques morceaux qu'elle laissait à la servante et aux clercs pour leur souper. Un jour qu'elle allait manger chez un de ses voisins, elle avait oublié de leur laisser leurs bribes, de sorte qu'un des clercs fut député, qui lui alla demander la clef de l'armoire au pain, au milieu de la compagnie. Elle en rougit et n'osa pas la lui refuser ; mais, quand elle fut au logis, elle lui fit de grandes réprimandes sur son indiscrétion, et lui défendit bien expressément de lui venir jamais demander la clef du pain quand elle serait en quelque assemblée. Il retint bien cette leçon, et une autre fois qu'il arriva à la greffière un pareil défaut de mémoire, le même clerc lui vint dire devant tout le monde :

— Madame, puisque vous ne voulez pas qu'on vous demande la clef du pain, je vous prie au moins de nous ouvrir ici l'armoire.

Et en même temps, il fit entrer un crocheteur qui avait l'armoire chargée sur son dos, ce qui fit éclater de rire toute la compagnie.

FURETIÈRE.

TARIF MATRIMONIAL.

Sachez, lecteur, que la corruption du dix-septième siècle ayant introduit de marier un sac d'argent avec un autre sac d'argent en mariant une fille avec un garçon, de même qu'il s'était fait un tarif lors du décri des monnaies pour l'évaluation des espèces, de même, lors du décri du mérite et de la vertu, il fut fait un tarif pour l'évaluation des hommes et pour l'assortiment des partis. Voici la table qui en fut dressée, dont je veux vous faire part.

Pour une fille qui a deux mille livres en mariage, ou environ, jusqu'à six mille livres.	*Il lui faut un marchand du Palais, ou un petit commis, sergent ou solliciteur de procès.*
Pour celle qui a six mille livres et au-dessus, jusqu'à douze mille livres	*Un marchand de soie, drapier, mouleur de bois, procureur du Châtelet, maître d'hôtel et secrétaire de grand seigneur.*
Pour celle qui a douze mille livres et au-dessus, jusqu'à vingt mille livres.	*Un procureur au Parlement, huissier, notaire ou greffier.*

Pour celle qui a vingt mille livres et au-dessus, jusqu'à trente mille livres.	*Un avocat, conseiller du Trésor ou des Eaux et Forêts, substitut du Parquet et général des monnaies.*
Pour celle qui a depuis trente mille livres jusqu'à quarante-cinq mille livres.	*Un auditeur des Comptes trésorier de France ou payeur des Rentes.*
Pour celle qui a depuis quinze mille jusqu'à vingt-cinq mille écus.	*Un conseiller de la cour des aides, ou conseiller du Grand Conseil.*
Pour celle qui a depuis vingt-cinq jusqu'à cinquante mille écus.	*Un conseiller au Parlement, ou un maître des Comptes.*
Pour celle qui a depuis cinquante jusqu'à cent mille écus.	*Un maître des Requêtes, intendant des Finances, greffier et secrétaire du Conseil président aux Enquêtes.*
Pour celle qui a depuis cent mille jusqu'à deux cent mille écus.	*Un président à mortier, vrai marquis, surintendant, duc et pair.*

On trouvera peut-être que ce tarif est trop succinct, vu le grand nombre de charges qui sont créées en ce royaume, dont il n'est fait ici aucune mention ; il y en aura encore qui eussent souhaité que ce tarif eût été porté plus avant, mais cela ne s'est pu faire, n'y ayant au delà que confusion, parce que les filles qui ont au delà de deux cent mille écus sont d'ordinaire des filles de financiers ou de gens d'affaires qui sont venus de la lie du peuple, et de condition servile. Or, elles ne sont pas vendues à l'enchère comme les autres, mais délivrées au rabais ; c'est-à-dire qu'au lieu qu'une autre fille qui aura trente mille livres de bien est vendue à un homme qui aura un office qui en vaudra deux fois autant, celles-ci au contraire, qui auront deux cent mille écus de bien, seront livrées à un homme qui en aura la moitié moins ; et elles seront encore trop heureuses de trouver un homme de naissance et de condition qui en veuille (1).

FURETIÈRE.

(1) On voit par cet extrait de Furetière que les mariages d'argent ne datent pas d'hier, et que le bon vieux temps, sur ce point comme sur beaucoup d'autres, ne valait pas mieux que le nôtre.

LE NEZ CARDINALISÉ.

Un médecin, qui était de ceux qui savent tout, considérait un homme qui avait le nez fort rouge, à force de boire. Cet homme va dire au médecin :

— Monsieur, vous qui êtes si expert, me feriez-vous partir ces rougeurs, que j'ai au visage ?

— Oui-da, Monsieur, j'en ai bien effacé de plus maculés.

— Et combien me demanderiez-vous, pour ce faire ?

— Deux cents écus.

— Par le saint sabre du Cathay : ce n'est pas assez, Monsieur le docteur. Vous ne sauriez pour si peu ; d'autant que mon nez m'en a coûté plus de mille à le rendre ainsi de haute couleur.

BÉROALDE DE VERVILLE.

FABRICATION DE LA BIÈRE.

En pays d'Alsace, en un endroit assez beau... (Si vous n'y avez été, cela ne vous servira à rien de vous le décrire, parce que vous n'y connaîtrez rien ; et si vous y avez été, c'est assez, cela vous importunerait de le rapporter ; sinon, allez-y). Là, les dames sont assez libres, mais sages ; et, pour le bien faire paraître, elles ne pissent qu'une fois la semaine ; et c'est le vendredi qu'elles s'assemblent, au matin, toutes par bandes (ce qu'il fait étrangement beau à voir) ; et, selon leurs dignités, s'en vont en pisserie comme on va à la foire ; de quoi elles n'ont pas plus de honte que les femmes de bien qui montrent l'apanage de leur fessier aux eaux de Pougues. Ce que c'est que les coutumes des pays ! On le trouverait pas bon ici, et là, c'est délectable.

Ces femmes étant arrivées au lieu de la pissoire ou pissotière, elles se disposent, comme les montagnes d'Angleterre, chacune où elle est, y gardant dignités, prérogatives, honneurs, ainsi que sur les actes publics et notables, ni plus ni moins que se mettent les chevaliers en leur rang, le jour de leur cérémonie. En cette commodité, abondamment, joyeusement, et à la copieuse et bénigne décharge des reins, elles vident leurs vessies, et pissent tant, qu'une rivière en est faite et continuée ; et de là les Allemands, Flamands et Anglais font venir la bonne eau, pour faire de la bière, la plus double et du plus haut goût. Cela est cause que leurs femmes ne les aiment pas tant que les Français, d'autant que ces femmes-là pensent que leurs maris leur veulent de rechef reverser leur urine dans le corps. Que s'il y a des femmes qui ne savent bien pisser, on les envoie à Genève, d'autant que là il y a plusieurs belles écoles, où on apprend à pisser en public et en compagnie, au grand soulagement des honteux, qui apprennent là à perdre la sotte honte qui resserre le boyau culier.

Béroalde de Verville

LE MARI COMMODE.

J'ai connu un vieillard impotent, maladif, goutteux, qui dit à sa femme, qui était très belle, et ne la pouvant contenter comme elle le désirait, un jour :

— Je sais bien, ma mie, que mon impuissance ne suffit pas à votre gaillard âge. Pour ce, je vous puis être beaucoup odieux, et il n'est pas possible que vous me puissiez être affectionnée femme, comme si je vous faisais les offices ordinaires d'un mari fort et robuste. Mais j'ai avisé de vous permettre et de vous donner totale liberté de faire l'amour, et d'emprunter quelque autre qui vous puisse mieux contenter que moi. Mais surtout, choisissez-en un qui soit discret, modeste, et qui ne vous scandalise point, ni moi aussi, et qui vous puisse faire une couple de beaux enfants, lesquels j'aimerai et tiendrai comme les miens propres ; tellement que tout le monde pourra croire qu'ils sont vrais et légitimes enfants, vu qu'encore j'ai en moi quelques forces assez vigoureuses, et les apparences de mon corps suffisantes pour faire paraître qu'ils sont miens.

Je vous laisse à penser si cette belle jeune femme fut aise d'avoir cette agréable et jolie petite remontrance, et licence de jouir de cette plaisante liberté, qu'elle pratiqua si bien qu'en un rien de temps elle peupla la maison de deux ou trois beaux petits enfants, auxquels le mari, parce qu'il la touchait quelquefois et couchait avec elle, y pensait avoir part, et le croyait, et le monde aussi. Et, de la sorte, le mari et la femme furent très contents, et eurent belle famille.

BRANTOME.

TABLE

Corbeil. Typ. et stér. B. Renaudet.

EN VENTE CHEZ TOUS LES LIBRAIRES

LES

Joyeuses Histoires

DE NOS PÈRES

Jolis volumes in-18, illustrés par Kauffmann

Paraissant tous les mois

Les Joyeuses Histoires de nos Pères *sont le livre de chevet de tous les joyeux compagnons, ou simplement des amateurs de littérature qui se plaisent à relire de temps à autre quelques-uns de ces fins morceaux dont nos aïeux ont ri si souvent à gorge déployée. Louis XI, Rabelais, la reine de Navarre, Noël du Fail, Béroalde de Verville, Guillaume Bouchet, Bonaventure Despériers, Le Métel d'Ouville, Sorel, Scarron, Furetière, Dassoucy, Bussy-Rabutin, Perrault, Hamilton, Voltaire, Voisenon, Diderot, Crébillon fils ; voilà les principaux noms dont sont signées les* Joyeuses Histoires de nos Pères.

PRIX DE CHAQUE VOLUME : **2** FR.

CORBEIL. — IMPRIMERIE B. RENAUDET

www.ingramcontent.com/pod-product-compliance
Ingram Content Group UK Ltd.
Pitfield, Milton Keynes, MK11 3LW, UK
UKHW021553260726
13993UKWH00002B/803